我是小孩，
我有權利……

文／阿朗・賽赫
Alain Serres

圖／奧黑莉婭・馮媞
Aurélia Fronty

譯／陳怡潔

我是小孩，

有眼、有手、

有聲音、

有情感，還有權利。

我有權利
擁有姓和名，
有一個會對我微笑的家，
和一個像家一樣的國家。

我有權利
吃東西、喝東西，
好讓我長大。
我喜歡橘子：
橘子可以吃也可以喝！

我有權利住在房子裡，
待在溫暖
但不太炎熱的地方，
遠離悲傷，
除了我需要的，
其他統統都不要。

我有權利
接受照顧，
服用人們研發出來
最好的藥物！

14

我有權利奔跑、

跳躍、

攀爬、喊叫：

「哇！我好健康啊！」

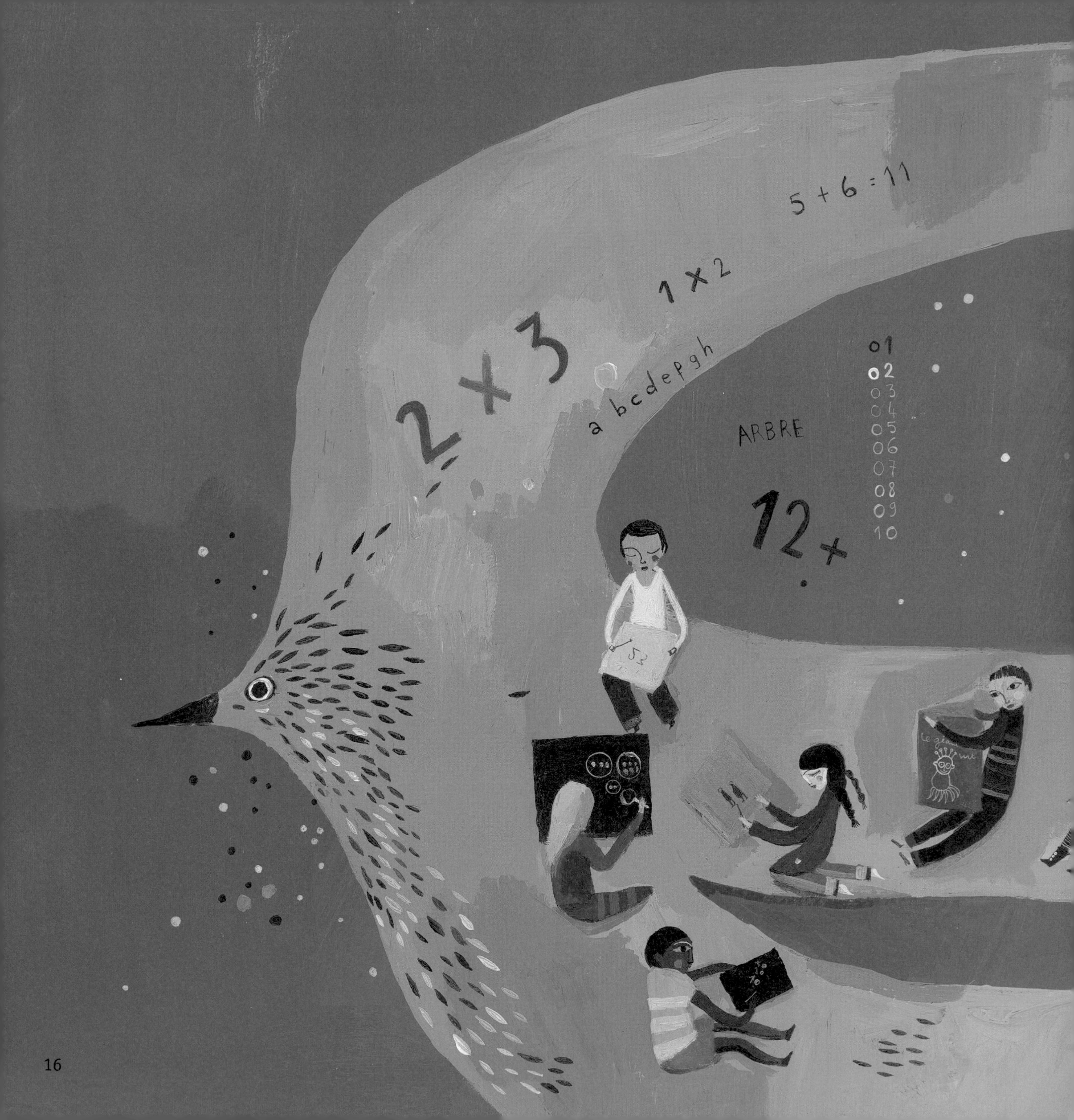
5 + 6 = 11
1 x 2
2 x 3
a bcdefgh
ARBRE
12 +
01
02
03
04
05
06
07
08
09
10

我有權利
免費去上學，
好讓我知道鳥類、飛機，
或是虞美人的種子
怎麼飛翔。

我有權利
公平的享受權利，
不管我是女孩或男孩。

18

女孩和男孩，
都是一家人，
都是同一首歌！

我有權利
受到尊重……

不管我是

黑人或

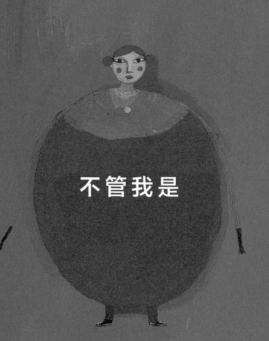

……相同的
尊重

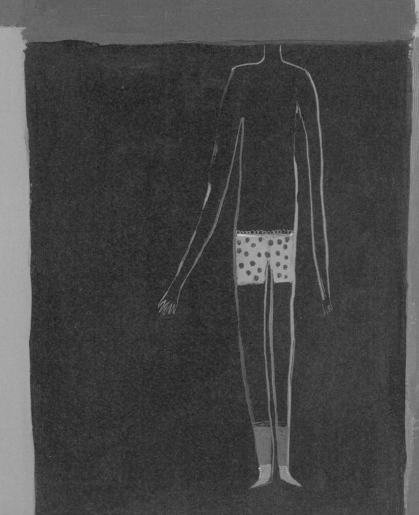

白人

矮小
或高大

貧窮
或富有

在這裡　或別的地方出生

21

我有權利
擁有爸爸、媽媽、朋友，

22

以及得到國家的幫助，

如果我不像其他人
那麼健康的話。

我有權利永遠不必忍受
任何暴力的對待，
任何人都沒有權利傷害
年幼的我。
誰都不行！

我有權利不去工作，

26

而是去上學。

當我完成學業後， 再選擇我想要的工作！

我有權利受到大人們的保護，

當災難來臨，

或我的生活發生不幸的事故時，

28

當雨下得太大時，
我可以躲在大傘下，

在我的避風港裡得到好的照顧。

我有權利

永遠不要經歷

槍林彈雨，

還有戰爭，

我害怕

點燃的飛彈

和轟隆隆的炸彈。

我有權利
呼吸純淨的空氣，
像天空那麼藍，
像浮冰那麼白。

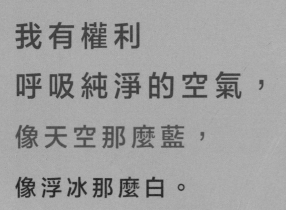

我有權利
玩遊戲、喊叫、幻想，
做鬼臉和芭蕾舞的跳躍動作……

……還要有玩伴，
因為一個人
跳舞，
一點也不好玩。

我有權利
學習什麼是友情、和平，
還有怎麼尊重地球，
以及每個居住在地球上的人，

每隻棲息在

地球上的動物，

和每株提供

地球養分的植物。

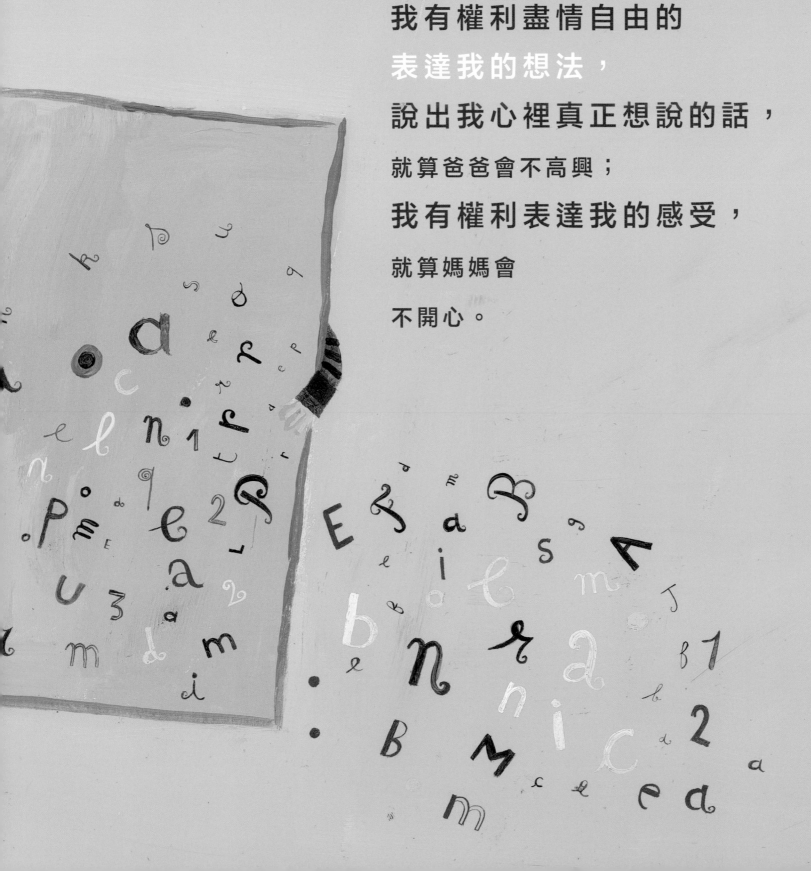

我有權利盡情自由的
表達我的想法，
說出我心裡真正想說的話，
就算爸爸會不高興；
我有權利表達我的感受，
就算媽媽會
不開心。

我有權利擁有這些權利，
全世界已經有一百九十六個國家，
簽署了《國際兒童權利公約》，
而且，
我就是小孩。

40

什麼時候
世界上
每個小孩
才會看到
他們的權利
終於受到尊重？

明天？
後天？
二十年後？

41

42

尊重兒童的權利，
就是現在。
因為現在，
我們就是兒童。

關於作者｜　阿朗・賽赫 Alain Serres

一九五六年出生於法國。曾任幼兒園教師，因為孩子們給他的靈感，為孩子創作的作品已超過一百冊。他也是本書原出版社 Rue du Monde 的創辦人，他希望出版更多讓孩子能思辨和啟發想像力的書。

關於繪者｜　奧黑莉婭・馮媞 Aurélia Fronty

一九七三年出生於法國，巴黎 Duperré 藝術學院畢業，曾任時尚圈的插畫設計家，已出版超過四十冊作品，因常於非洲、亞洲和中南美洲旅行，作品色彩鮮豔大膽，充滿熱情。

關於譯者｜　陳怡潔

輔大法文系畢業，在零售業及高科技業工作了十年後，終於如願回到法國當學生，並取得阿爾圖瓦大學跨文化協商碩士學位。目前隱居鄉間，以教授美語及翻譯為業。期許自己成為一個傾聽學生心聲的老師，協助孩子們發現各自的獨特性，認同並珍惜自己生長的土地。常常被孩子們的叛逆挑戰脆弱的神經，但總會被他們的微笑融化。譯作有《奶奶只是想睡覺》、《聽不見的聲音》、《不要！我不要！》（臺灣東方）等。

和兒童一起維持眼前這片天的藍

幸佳慧 兒童文學作家

　　現代人對兒童的認識，是在近幾百年才形塑而成。人們本來只視兒童為縮小版成人，後來逐漸認知兒童在生理與心理上跟成人有不同特質，而開始為他們建構特有的成長與教育環境，並意識到兒童需要特別照顧、協助與保護，接著才願意正視他們的主體性，如成人一般也能伸張權利。

　　一九八九年聯合國通過的《兒童權利公約》，從《世界人權宣言》衍生而來，主要就是認知到兒童身心尚未成熟，需要成人、律法與政府支持及保護。這份具法律約束的國際公約，可説是人類史上關於兒童最重要的一份文獻。臺灣雖然不是聯合國成員，無法簽署這份公約，但也在二〇一四年制定了《兒童權利公約施行法》，正式將公約納入國內法，除了適用各行政司法機關，人民也可據此主張權益。

　　本書的創作者塞赫和馮媞，以兒童容易理解的方式闡述公約的精華要點，包括任何一個兒童出生後需要有國籍、家庭與身分的保障，並在飲食、醫療、教育、衛生等方面無匱乏、無歧視的環境中成長，得免於戰爭、肢體、恐嚇等迫害，同時有充分遊戲、參與文化活動的機會。而且，在他們享受這些權益的同時，也有義務理解這些價值並回饋他人與環境。

　　換句話説，這份公約的重要性，不只在於它消極的避免兒童受到傷害與剝削，也積極的強調兒童健全發展的必要。其中，第十二條載明「締約國應確保有主見能力的兒童有權對影響到其本人的一切事項自由發表自己的意見」，更是突破人類文明發展的進程，彰顯了兒童在與他們有關的事務上，有表達理性意見與參與討論的能力；也就是説，與兒童有關的重要決定，兒童必須被視為有能力表達意見、參與討論的個體。

　　塞赫和馮媞在詮釋這些公約含意時，讓不同種族、膚色的成人與兒童參與其中，文字與圖畫的敘述風格簡潔卻饒富詩性。他們從兒童的個人權益娓娓道來，再勾勒出兒童個體與小群體、大社群，乃至世界的關係。在兒童需要受保護的部分，他們突顯了傷殘、受暴力、戰爭威脅等弱勢兒童的權益，但同時也強調兒童在發展上需要幻想、玩樂、玩伴的品質保障，

並且有積極主動的表達和參與能力。

例如在詮釋兒童受教權的圖頁中，文圖分別用了鳥類、飛翔等元素，突顯自由精神做為教育地基的重要性。這是提醒我們，兒童受教權絕不能是在專制強權下單向施教，而是必須帶給孩子寬廣多元的視野，提供他們足以展現主動思考的自由空間。

又如第 36 頁「我有權利學習什麼是友情、和平，還有怎麼尊重地球，以及每個居住在地球上的人」，馮媞讓一個小女孩和其他動植物等比例大小，共同棲息在一棵大樹上。這樣的構圖，深刻暗示了孩子在學習主張各種權益之餘，還有個更宏遠的責任，即是日後能將自己放到其他生物座標中，在平等原則下，展現關心照顧周遭事物的作為。

而第 38 到 39 頁「我有權利盡情自由的表達我的想法」，文字更清楚的鼓勵孩子不該受成人權威嚇阻，淪為無聲順從的附屬品，而要勇於表達自己的想法。這便是《兒童權利公約》很重要的突破精神，它勾勒出兒童在邁向獨立主體過程中，也具有自主思辨與表達意見的能力與權利。

人類在地球這艘船上同舟共濟，兒童做為生命共同體的一員，有權利共同翱翔，也有責任一起維持眼前這片天的藍。

兒童權利就是現在！

葉大華　國家人權委員會委員、資深兒少權益工作者

一九八九年十一月二十日，聯合國大會一致通過專為兒童而設的人權公約——《兒童權利公約》（簡稱 CRC），保障兒童的基本人權。CRC 指出：未滿十八歲的兒童與成人同樣享有與生俱來的人權，包括：醫療、教育、受保護以及獲得平等發展機會的權利。因此，每年的十一月二十日也被稱為「國際兒童人權日」，這是世界向兒童許下的承諾。

聯合國《兒童權利公約》是揭示「兒童是權利的主體、不是被保護的客體」的重要典範。過去傳統華人社會，常將兒童或未成年子女視為父母私有財產，導致人權侵害的問題。隨著 CRC 的倡議與影響，家庭、學校、社區、法令政策，都須逐步轉向將兒童視為國家公共資產的角度，衡量及賦予兒童成長過程中所應擁有之各項權利。

CRC 全文總計五十四條，其中第一部分被稱為「一般性原則」，包括：

＊禁止歧視原則（§2）：每個兒童都不會因為她／他和父母或實際照顧者的任何因素，受到不一樣的待遇或差別對待。

＊兒童最佳利益原則（§3）：如果做一個決定會涉及不同主體的利益時，應該以兒童的利益為優先。

＊生命權、生存權、發展權原則（§6）。

＊重視兒童表達意見原則（§12）：每個兒童都有形成自己意見的能力，不需要向國家證明，反而是國家必須確保兒童能夠針對「所有跟他們有關，會影響到他們的所有事情」，讓兒童「自由表達意見」，要或不要表達，都是兒童自己的選擇。

由於「一般性原則」貫穿 CRC 各條文，當檢視其他權利時，也必須一併參照思考的基本核心精神，因此十分重要。此外，聯合國兒童基金會將《公約》定義的兒童權利，區分為四大種類：

一、生存及發展權：每一名兒童享有基本的生存權利，包括：有充足的食物、乾淨的飲用水、基本的醫療服務與適當的生活水準。

二、受保護權：每一名兒童都有權利不受任何形式的虐待、疏忽照顧和剝削。在武裝衝突，或兒童涉及法律程序時，他們應受到最大程度的保護。

三、教育權：每一名兒童都有接受基本教育、休息、遊戲、參與文化活動的權利，也有權利了解自己擁有哪些權利。

四、參與權：每一名兒童有權利享受文化、社會、經濟、宗教生活，也有權利表達意見。成人應尊重其表意和集會結社的權利，兒童也有權從各式來源取得有用的資訊。

CRC 將兒童視為獨立的個體，也是權利的主體，所涉及的人權面向也非常多元；相較於其他公約，也更加重視兒童的意見表達。然而兒童意見的表達，除了建立友善的討論氛圍，更重要的是如何讓兒童以及主要照顧兒童的大人們，完整認識兒童到底擁有哪些權利，方有利於兒童表達自身意見，這就有賴 CRC 公眾教育資訊的研發與推廣。

二〇一四年正逢 CRC 實行二十五周年，由於我國不是聯合國的會員國，政府與各界為了能夠將與時俱進的聯合國兒童人權標準和國內接軌，於二〇一四年三月通過制定《兒童權利公約施行法》，並在行政院下設立「兒童及少年福利與權益推動小組」，推動落實 CRC 工作，且訂於二〇一七年十一月二十日舉行我國第一次的 CRC 公約國家報告審查會議。然而，目前坊間有關 CRC 的教材及公眾教育資訊卻仍相當缺乏。

本書從兒童的角度及觀點，透過精美的插畫，簡要的解釋與介紹 CRC 主要的兒童權利內涵及意義，非常值得提供給關心兒童權利的人做為入門書。

我們常說：兒童是未來的主人翁，但本書告訴我們，兒童的權利不是未來，就是現在！現在就賦予兒童權利，兒童才有可能成為國家重視的主人翁。

認識 《兒童權利公約》

此版本取自《小於 18：聯合國兒童權利公約兒童版》
（衛生福利部社會及家庭署出版）

第 一 條 未滿十八歲的人都享有《兒童權利公約》的權利。

第 二 條 所有兒童，不論他們是誰、住在哪裡、家長做的是什麼、說的是什麼語言、信仰什麼宗教、是男孩還是女孩、是什麼文化背景、是否身心障礙、是富有或貧窮，都享有這些權利。沒有任何兒童可以因為這些原因而被不公平的對待。

第 三 條 所有成年人應該做對你最好的事。當成年人在做決定時，應該想想自己的決定會怎麼影響到兒童。

第 四 條 政府有責任確保你的權利。政府必須協助你的父母保護你所有權利，為你創造一個適合成長及發展潛能的環境。

第 五 條 你的家庭有責任幫助你學習如何行使權利，他們也必須確保你的權利受到保護。

第 六 條 你有活著的權利。

第 七 條 你有權利擁有自己的姓名，而政府必須在法律上承認你的名字，你也有權利擁有自己的國籍（也就是說你是屬於某個國家的人民）。

第 八 條 你享有被認同身分的權利：一個你是誰的正式紀錄。沒有人能夠奪走它。

第 九 條 你有權利和你的家長一起住，除非這樣對你不好。你有權利跟一個會照顧你的家庭住在一起。

第 十 條 如果你和你的父母住在不同的國家裡，你有權利要求和父母生活在同一個地方。

第 十一 條 你有權利受到保護，不會被用非法的手段帶到別的國家。

第 十二 條 你有權利表達自己的意見，成年人應該考慮及尊重你的意見。

第 十三 條 只要沒有傷害冒犯別人，你有權利以說話、畫畫、寫作或其他形式表達意見或是與別人分享意見。

第 十四 條 你有權利選擇自己的宗教和信仰，你的父母應協助你分辨好壞，讓你明白什麼才是對你最好的選擇。

第 十五 條　只要沒有對別人造成傷害，你有權利選擇自己的朋友，組織團體及聚會。

第 十六 條　你享有隱私權。

第 十七 條　你有權利從電視臺、報章、書本、網路以及其他途徑獲得有益的資訊，成年人應該協助你們尋找及了解有關資訊，並確保這些資訊是無害的。

第 十八 條　如果可能，你有權利被你的爸爸媽媽撫養長大。

第 十九 條　你有權利受到保護，避免身心受到傷害或虐待。

第 二十 條　如果你不能跟爸爸媽媽住在一起，你有權利受到特別的照顧。

第 二十一 條　如果你被收養或是寄養，你有權利得到適當的照顧和保護。

第 二十二 條　如果你是難民（或被迫離開自己的家園，住在其他國家），你有權利接受特殊照顧和保護，以及擁有兒童權利公約裡的所有權利。

第 二十三 條　如果你有身心障礙，你有權利接受特殊教育和被照顧的權利，以及這個公約裡其他的權利，使你擁有完整的生活。

第 二十四 條　你享有得到最好的健康照顧的權利：安全的飲用水、營養的食物、一個乾淨和安全的環境，讓你維持良好的生活品質。

第 二十五 條　如果你因為特殊原因而沒有住在家裡，是被機構或是其他家庭照顧時，你有權利被定期關心和檢視，確定你有被好好的照顧。

第 二十六 條　當你貧困或是有需要時，你有權利得到政府的幫助。

第 二十七 條　你享有得到食物、衣物和安全生活的基本權利，你有權利做其他孩子能夠做的事。

第 二十八 條　你有權利擁有好品質的教育，你應該被鼓勵去上學，爸爸媽媽和政府應該協助你完成你能力所及的最高教育程度。

第 二十九 條　你有權利接受幫助你發展天賦或是能力的教育，你接受的教育也應該幫助你學習關於和平、保護環境和尊重他人的議題。

第 三十 條　你有權利實踐你所選擇的文化、語言和宗教。如果你是屬於少數民族或原住民族，你在這方面的權利會被特別保護。

第 三十一 條　你有休息、休閒和遊戲的權利。

第三十二條 你有權利被保護去做不會影響健康和學業的工作。如果你必須去工作，你有權利要求一個安全的工作環境，還有獲得合理薪資的權利。

第三十三條 你享有免於一切有害藥物或毒品交易的權利。

第三十四條 你享有免於被性侵害、性剝削的權利。

第三十五條 你享有不被綁架或是被賣掉的權利。

第三十六條 你享有免於被剝削的權利。

第三十七條 不可以用殘忍或是具傷害性的方式處罰兒童。

第三十八條 你享有被保護不去參加戰爭的權利。未滿十五歲的兒童不能參加戰爭。

第三十九條 如果你被傷害、被忽視或是被虐待，你有權利接受幫助。

第 四十 條 你的權利應該被尊重，所以你享有司法系統所提供的法律協助和被公平對待的權利。

第四十一條 如果你所屬的國家的法律，比這個公約的規定更能夠保護你的權利，那些法律應該要被落實。

第四十二條 你有權利知道自己想有什麼權利！成年人應該知道這些權利，並且幫助你了解這些權利。

從現在開始，跟家人或朋友一起討論這些權利吧！

想要知道更多，可參考以下資源：

▶ 兒童權利公約資訊網 https://crc.sfaa.gov.tw/news.php
▶ 衛生福利部社會及家庭署／兒少福利 https://www.sfaa.gov.tw/sfaa/pages/list.aspx?nodeid=30
▶ 聯合國兒童基金會 (The United Nations Children's Fund) https://www.unicef.org
▶ 臺灣兒童權利公約聯盟 (Taiwan NGOs for CRC) http://www.cylaw.org.tw
▶ 兒福聯盟 http://www.children.org.tw
▶ 臺灣展翅協會 http://www.ecpat.org.tw
▶ 臺灣少年權益與福利促進聯盟 http://www.youthrights.org.tw

關於權利，我覺得……

1. 你認為什麼是「權利」呢？

2. 你覺得權利重要嗎？為什麼？

3. 你知道書裡的每一項權利嗎？你覺得你已經擁有書中的哪些權利？

4. 如果你無法擁有書中任一項權利，會有什麼感覺？
   如果你看到其他兒童沒有這些權利，你會想幫忙他們嗎？

5. 你覺得怎麼樣能讓別人知道這些權利？

6. 你最喜歡書裡哪一頁的圖畫？為什麼？

7. 請閱讀前面的《兒童權利公約》，從中選一條權利 ，為它畫一幅畫。

Thinking005

我是小孩，我有權利……（增訂版）
J'ai Le Droit D'être Un Enfant

作者｜阿朗・賽赫 Alain Serres
繪者｜奧黑莉婭・馮媞 Aurélia Fronty
譯者｜陳怡潔

字畝文化創意有限公司

社長兼總編輯｜馮季眉
責任編輯｜戴鈺娟
美術設計｜郭芷嫣

出　　版｜字畝文化／遠足文化事業股份有限公司
發　　行｜遠足文化事業股份有限公司（讀書共和國出版集團）
地　　址｜231 新北市新店區民權路 108-2 號 9 樓
電　　話｜(02)2218-1417
傳　　真｜(02)8667-1065
客服信箱｜service@bookrep.com.tw
網路書店｜www.bookrep.com.tw
團體訂購請洽業務部 (02) 2218-1417 分機 1124

法律顧問｜華洋法律事務所　蘇文生律師
印　　製｜中原造像股份有限公司

2020 年 11 月　二版一刷　　2024 年 5 月　二版五刷
定價｜350 元　書號｜XBTH4005　ISBN｜978-986-5505-41-7

國家圖書館出版品預行編目（CIP）資料

我是小孩，我有權利…… /
阿朗・賽赫 (Alain Serres) 文；
奧黑莉婭・馮媞 (Aurélia Fronty) 圖；陳怡潔譯.
-- 二版 . -- 新北市：字畝文化出版：遠足文化
發行 , 2020.11
面；26.1x26.1 公分
譯自：J'ai le droit d'être un enfant
ISBN 978-986-5505-41-7（精裝）

876.599　　　　　　　　　　109015004